樹氷まで

秋葉四郎歌集

短歌研究社

樹氷まで　目次

平成二十六年

カバー・本文写真　著者撮影

樹氷まで

平成二十六年

年改まる

一年をけぢめに生きておのづから残り少なき
日々の始まる

自動栓の水に先立つ空気さへ冷たくなりて冬更けにけり

遠くより冬木のこずゑ染まりつつ第一日の赤き日およぶ

戦争を知らぬ世代が古稀となる国の正月祝はんとする

ありがたく地獄極楽絵図拝すたまゆらのごと
永劫のごと　一月十六日　宝泉寺にて

この絵図の茂吉の歌は「虚の写生」単なる子
規の模倣に非ず

照る月のおぼろに見えて雪の降る駅に向ひき
酒房「佐野」より

十六夜《いざよひ》の月中空《なかぞら》に光りつつ雪ふりをれば人をしのばす　上山にて

グランドフィナーレ

展望はゆたかといへどわが未来限られて一年一年にあり

いよいよにグランドフイナーレ果たさんか年
改まり今年も思ふ

あたらしく迎ふる年は天災のなく政争のなき
日々にあれ

善悪もなく老いづきてうれひある顔に向ひて
髭《ひげ》をわが剃る

わが庭に古りたる蘇芳《すはう》の冬木にて返花《かへりばな》年を
越えいまだ咲く

斎藤美智子さん逝く

父の茂吉もつとも頼りし女性とぞ茂太さん語
りき美智子さん逝く　一月七日

記念館の会にまみえてはや九年親しきことば
あまた忘れず

一月のことさら寒き午前にてかなしき知らせ
遠くとどきつ

上山《かみのやま》に居ればば殊更しのばるる斎藤美智子さん
も故人か

祭壇に向へばかへる門流のわがかうむりし恩かぎりなし　三月一日　焼香

病床に館長われを喜びてくれしと聞けばほとほと泣かゆ

紅梅の花咲く茂吉墓前にて短歌のゆくへ来し方思ひき

虹ケ丘

最上川上空となる町の丘虹ケ丘にし今日はわが立つ

虹ケ丘に松の落葉が厚く積み冬の来向ふ松籟の音

堅牢に雪囲ひして冬に対《むか》ふ大石田にて半日過ごす

二月の雪（千葉）

をりをりに風音つよくひと夜降る雪にことさら顔冷えて覚む

二月八日　浅宵より一夜雪降る　積雪近辺三十三センチ

庭木々にやはらかく積む春の雪淡き光をひすがらかへす

三十余年ぶりの積雪に何がなしさばさばとしていち日過ごす

わが庭に古りたる辛夷の枯枝がおびただしく散る雪にし折れて

雪の香

雲《くも》もるる放射光にて雪山の蔵王まぶしく思ひきり照る　二月二十二日

道のべの廃雪の壁無数なる氷柱《つらら》が朝の日に映えて垂る

しろたへの樹氷のあひだ人踏まぬ雪のつづきて雪の香のする

雪《ゆき》雲《ぐも》の中より白の濃き樹氷あはき樹氷の現れて見ゆ

雪どけの湿地のいたるところにて蕗《ふき》の黄の花光を放つ

ゆくりなく北杜夫家に大人《たいじん》の御骨《みこつ》をろがむ
永久《とは》の悲しみ　三月一日

かたくりの花群《ぐん》生《せい》し蔵王よりおよぶ残雪の光
にゆるる　四月十日

万葉のころより絶えぬかたくりか茂吉の森の
うちに群れ咲く

寒明けて咲き出づる花力《ちから》あり紅《こう》梅《ばい》白《はく》梅《ばい》藍《あゐ》のかたくり

残すべき地獄極楽絵図として映像化する人のなさけよ　四月十八日　武田豊春・石川二郎両氏に謝す

医学生茂吉の地獄極楽観当然絵図を超えて居りたり

羚羊《かもしか》と新幹線とが接触し会議に遅れつ館長われは

全山に若葉のあふれ日のつよし茂吉の生誕祭の五月は　宝泉寺にて

冬眠より覚めて拙く鳴く蛙《かへる》本堂の仏の前まで聞こゆ

残雪が光り月山迫り見ゆ茂吉の墓につつしみ居れば

墓のべに傷むあららぎ相《あひ》なげく茂吉の孫の世代のわれら

金《かな》瓶《かめ》の人らもわれも老《おい》人《びと》として焼香す茂吉の生日

今年また茂吉生家のおきな草小石布《し》く庭のいづこにも咲く

外国人経営バーなど多くなるわが上山《かみのやま》温泉街は

茂吉の森

不可能を思はずことごと果しつつ生き来しわれぞ過去ははるけし

今朝はまだ斑《まだら》の茂吉の森の桜午《ひる》すぎてより一気にひらく

咲き盛りゐる山桜孤高にて蔵王のふもと若葉に混じる

眼に見ゆるごとく残雪消えゆきて蔵王のいただき近々と見ゆ

亡き人の好みたまへる虫の来ぬ初夏にて神宮の森に時逝く　佐太郎

かうべ垂れ感謝するのみみづからは七十七歳感慨の無し　五月十八日

栄光の瞬間的なるスポーツにある時はその残酷思ふ

海外の在住長き小坂夫人の縫ひくれし綿入れ袢纏を着る

袢纏を着てあたたかく酒を飲む老いて千里を走らんわれは

降りるべき駅を間違へとまどへる夜半の出来
ごと人に語らず

朝夕の空にミューズの姿あり残雪ふかき蔵王
青天

此の日々

老いてなすこと多ければ夜の明けて新しく来
る日々をわが待つ

家まへの汁《しる》の実《み》ばたけが荒れてゐき享年五十
の母の晩年

花蜂ら来るはたのしく庭に咲くむらさきの藤
しろたへの藤

歩きまはる影法師とぞ人生が譬へられゐき老いて身にしむ　シェイクスピア語

私情にて授賞避けられゐしと聞けど後進われの落度にあらず　茂吉賞授賞式二次会

聞かざれば知らざれば日々安く逝く人との交流多くなりしが

里《さと》山《やま》に里《さと》海《うみ》にわが心身の鍛へられたりかへり
みをれば

房総の塩《しほ》見《み》聴《ちやう》涛《たう》の仮寓にて炎のごとく彼の
日々はあり

創造者ゆゑ行動が伴ふと戦時下を言ふ画家の
藤田は

暗渠にてなる遊歩道街川の名残の家裏いまだに多し

杖もてど杖に頼るといふことの無く歩まれき遠きまぼろし

鴨山にて

江《がう》の川《かは》へだて張りあふうぐひすの雄らのこゑ
はためらひのなし

たかむらの竹のもみぢの美しく峡の川のべい
づこにも見ゆ

おのづから若葉いきほふ鴨山に向ひたつわれ
壮年ならず　鴨山公園

年々にわれの恋ひくる鴨山といへど人にし言ふことならず

椿散りつつじ花咲く公園に茂吉の恋をゆゑなく思ふ

鴨山考なりたるころに生《あ》れしわれ茂吉記念館館長にて老ゆ

女《め》良《ら》谷《だに》の水《みづ》辺《べ》に降りてゆくりなく湯《たう》泉《せん》の湧く
音を今日聞く

むらさきの藤咲きうつくしき峡をゆき蔓に苦
しむ杉を見たりき

過疎ゆゑの車社会といふうつつ鴨山に来てあ
らためて知る

タブレット

荒れゐたる田の整ひて粗雑なるソーラー発電
施設増えくる

電子文字の抵抗あれどタブレット必要にして
携帯をする

自画像のことごとく遠き前方に目を放ち居り
レンブラントは

近隣の貸《かし》家《や》貸《かし》店《みせ》広告の英文となる何時よりと
なく

緊迫をしたる夢より目の覚めてをれば孤独の
身に沁みてくる

老いてみる夢の内さへなりふりを構はず働く
われのひと生《よ》や

覚めてより弔歌一首に苦悩する独り暮らしの
はての人の死

惑ふべき齢《よはひ》ならねど苦しめばわが胸中の人
に声あり

銀座漫吟

人を待つ一時間あまりのすさびにて銀座「一《かつ》
眞《ま》」の珈琲を飲む

マイセンのカップ選ばれ香の高きブルーマウ
ンテン運ばれてくる

戯れに熟女ジュニアといふ友ら性の香のなし
今宵気付けば

四十年親しむ酒房「酒の穴」はたらく友らの
盛衰も知る

撤退をしたる銀座の二書店にいまだこだはる
ながきわが過去

蛍

増えて来て数千の蛍光るとき闇の空間しづまりかへる　房総平沢にて

ひかり曳き蛍の遊ぶくらやみに沢の香のする森の香のする

風のなき沢の宵闇に共にゐて蛍のあそぶ蛍に
遊ぶ

森を出で沢にあつまり数ふえし蛍ら闇に活発
となる

競《きそ》ひ合ふ蛍ら同時に光断ちむなしきときあり
沢のよひやみ

いつせいに光り熄《や》むとき蛍棲む峡の暗《あん》黒《こく》しみじみふかし

くらやみに目の馴れ農道の匂ふとき幼年の日々たちかへりくる

転校をしてゆく少女の願ひにて田にとぶ蛍捕らへ贈りき

蛍らが宵々光り愛《いと》しとぞ手紙もらひき遠き羞《やさ》しさ

老いたるマルタ

三十五年老いたるマルタ宍道湖に降る大粒の雨にぬれたつ

寄るとしもなき波うごき雨雲の垂るるみづうみ昼凪ぎわたる

みづうみの対岸くらく陸近く北へ還らぬ鴨らの憩ふ

汽水湖のゆゑに潮目のあらはにて雨曇るした波ひかりあり

同門の女流歌人にいたはられ出雲《いづも》の神にあはれぬかづく

川多き出雲平野のひとつ川斐伊川は流砂あまた洲をなす

浜百合も石蕗《つはぶき》も若葉海蝕の崖の表土にはやたけだけし　日御碕《ひのみさき》

浸蝕の名残とどめて亀裂ある柱状節理の上を
もあゆむ

四月尽の碕《みさき》に立ちてさびしさや凪ぎわたる
海凪ぎわたる陸

寒明けの遅きことしは四千年までの杉の香強
く感ずる　小豆原埋没林

偶成録

俗にいふ晴《はれ》男《をとこ》にて運のよく会長六年終らんとする　五月十七日　日本歌人クラブ会長終る

青天の明治神宮参集殿加護をかうむり短歌を語る

豊かなるひと日と思ふ神宮に樟の葉の散りその花香る

抒情詩の短歌の行方《ゆくへ》おもふとき日本《にっぽん》歌人クラブ尊からずや

後継の体制決りやすけさに何がなし家の恋しく帰る

残れるはグランドフィナーレ世の隅に悠々大
河目ざし生きんか　新会長に酬ゆ

老いながら老いの意識のいまだなし千里夢み
る駄馬にしかねど

歴日を追ふのみながら病むところなくとにか
くに喜寿を迎ふる　五月十八日

一年のいよいよ早く半年が過ぎて朝より暑くなりたり

さがり花

南島の月の照る下《した》さがり花白き房《ふさ》赤き房垂《た》れて咲く　七月十三日　夜咲き始める五首

さがり花咲く森に放つ香のあれば誘はれ夜も
蛾らの来るべし

蒸し暑き島の宵《よひ》凪《なぎ》に匂ひつつさがり花咲く道
のべの森

咲き始めたるさがり花房《ふさ》花《ばな》はそれぞれ月の光
をまとふ

さがり花

個々の木に位置確かにてさがり花一《ひと》木《き》十《じふ》房《ふさ》ほ
どの花咲く

昨夜《ゆうべ》よりさがり花房《ふさ》の呆《ほほ》けつつ朝の光におの
おのあらは　翌十四日朝散る六首

房をなすさがり花にて蜂も蛾もあまたまつは
る朝日に見れば

ひと夜のみ咲くさがり花個々となりいはば満
足のかたちにて散る

やすやすと房を離れてさがり花散る音重し板
を敷く道

さがり花の無数の落花白《しろ》多し潮の満ちたる川
にし浮けば

哀愁のごときもの無しさがり花ひと夜《よ》にて散
る南海の島

西表島処々

島道のアダンの林黄《わう》丹《だん》の実と白き花ゆるると
もなし

画家の一村恩人内田二郎思ふアダンの淡きみどりの林

満月の下にて見たる青《あを》葉《ば》梟《づく》連《つ》れ呼ぶ夜半の声をわが待つ

炭坑の監禁労働もマラリアの悲惨をも知るこの島の過去

星砂にあそぶはをみな日本の島のうつくし女性うつくし

潮風か山ふく風かこころよく浦内川を上りてくだる

引潮に呼吸根みな露出してマングローブの川岸つづく

葉の多き紅樹《ひるぎ》が濃厚に作る影日《かげ》に曝《さら》さるる膝《しつ》
根《こん》覆ふ

珊瑚浜に波の終りて音さやかバラス島にて入
日送れば

海のはて暑き夏の日沈みゆき宿老われの一《いち》日《にち》
終る

島の滝ピナイサーラ道のなく近づけざればこころ通はず

地に響く声にて沼《ぬま》蛙《がへる》鳴きてをり昨日と今日と島のいづこも

昨日共に送りたる日が海を出で遠く相《あひ》来《こ》し友らを照らす

水牛車にて潮ひかぬ潟《かた》わたる人の住み得ぬ観光の島

昼の駅

昼の駅を通過してゆくコンテナ車遠くつたなき恋思はしむ

国策の地域活性化如何になるこの街も病院葬
儀社目立つ

相ともに作歌者ゆゑに親しみし同窓同期の君
の死つらし　九月三日　和田親子逝く

湾へだて見ゆる街の灯悲しけれ通夜終へ帰る
われの眼を射て

いけばなを見ればば茂吉を支へたる華道家守谷
紅沙しのばる

暑下断章

老いし身に八月が来る佐太郎忌原爆服喪日戦
争懺悔日

戦車にて私物運び来し兵ありき敗戦のちの幼き記憶

敗戦国の少年としてかたくなに育ちきいまだに消ゆることなし

米国に敗れたる国日本を若者三割知らざりといふ　八月十五日　ＮＨＫ特別番組

学生の顔あどけなく感じつつマンドリン演奏
ことしまた聴く　明治大学

デイナーショウたけなはとなり八十歳菅原洋
一のジャズ身に沁みつ

八月一日鳴き初《はじ》めたる上山《かみのやま》の蟬らのみじかき
運命も知る

避難地の盗難何とか防げぬか同胞として聞く
だにつらし

讃花三首——生け花に題す

空間を占めいけばなの個々の花美しひと盛《も》り
の姿うつくし　十月八日

むらさきの桔梗が山野しのばせて立て花下草
生気あふるる

秋山の蔵王やすでに金《きん》光《くわう》花《くわ》過ぎりんだうの
花群るるころ

茂吉の赤

茂吉の町上山《かみのやま》市政六十年縁《えん》をよろこび寿《ことほ》ぎ過ごす　十月一日　祝賀式典

六年生二百五十人合唱し蔵王を讃へ茂吉たたふる

ひとり来て墓参しをれば白《しろ》萩《はぎ》の花の香のする
をりをり強く

彼岸花咲きて茂吉の赤の冴ゆ墓までの道墓よ
りの道

墓苑樹のあらぎつひに絶えなんかおほよそ
枯れて冬を迎ふる

月蝕

赤ぐらく蝕のきはまる月面となれど清けし秋宵の天　十月八日

よみがへり来る月蝕の放射光わが街空をおもむろに占む

月蝕の光かへりて長閑なる庭にふたたび虫のこゑする

忍耐をして時を遣るたまきはる愛の体験もとほきまぼろし

雲燦々

浮雲のあまた飛行機の下に見えその午《ひる》の影地表にしづか　十月二十五日　羽田〜松山空路

見ゆる雲みな静止して上空の風に逆らひ飛行機進む

いつよりか鰯雲浮く空となりその下はるか琵琶湖の青し

遠き悔《くい》よみがへらせて断雲《ちぎれぐも》山の上に見ゆ海のうへにみゆ

凍《しみ》雲《ぐも》か棚《たな》雲《ぐも》か鋭くよこたはり瀬戸内海の上空となる

島々に雲のまつはり瀬戸の海晴れわたりつつ
空港近し

寒気

上山《かみのやま》の寒気をおもく感じつつ楓《かへで》の赤のこと
さらあかし

土石流禍あるいは火山噴火事故傷み負ひつつ歳晩となる

今年また蔵王の冠雪見とどけて歳《とし》更《ふ》け年の新しくなる

病むところなく喜寿となりいささかの瑞祥のあり父母の子われは　母けい父好郎

エッセー　佐渡遠島の世阿弥

定年退職を機に謡曲を習い始めて、いつの間にか十七年が過ぎている。大学時代の恩師の影響で関心を持ってきてようやく取り組めたのである。

少し基本ができたころから切望して、世阿弥の曲にこだわって教えてもらっている。生意気なことだが世阿弥はどこか違う。曲目によって変化があり、ドラマチックであり、いわば混沌がある。人間の業《ごう》のごときものに肉薄して決して古い芸術と思えない。だから習っていてすっと心に入ってくる。「井筒」「融」「砧」などは殊に好きで、覚えようとしなくても暗誦が出来る。

私の謡はあくまでも素人の域を出ないが、世阿弥が佐渡に流されていたころの作「金島書」を謡えるまでになりたいと思っている。世阿弥作の和歌も多く入っている内容だから、出会えれば佐渡遠島の心境と芸とを多く語ってくれるだろう。

駝鳥の卵

展示して駝鳥の卵二つある茂吉記念館のエスプリを見よ　館長便り

青天の朝の冷気に散りしきる桜の葉さくらの
花の香のする

藍ふかく蔵王連峰冬づきて裾《すそ》の浅《あさ》山《やま》もみぢ濃
くなる

月山の冠雪を見てはや十日今日よりは蔵王の
いただき白し　十一月十二日

高齢にしては仕事の多きこと酒量人並みなれば詮なし

ユーモアは先天性ゆゑ諦めて無骨にぞ過ぐわれのひと生《よ》は

好き好む範疇ゆゑに浮遊して老身いとまなき日々送る

天然のユーモアを父の北杜夫讃へ居りにきお話愉し　斎藤由香さん二首

「茂吉短歌に於ける肉体性」といふ卒業論文見得るや否や

記念館のめぐりに人ら働きて雪囲ひするあたたかきころ　十一月二十日

東京の街のいづこもまぶしくて冬至の太陽一日低し

スカイツリーのかたはら冬至の日の沈みこだはり過ごす夜が始まる

平成二十七年

辛夷

選歌など雑用に暇《いとま》なくすぎて年末年始のけぢめさへなし

二本ある辛夷《こぶし》つぼみのあらはにて庭はなやがん紅白の花

東京トワイライト

家とほく二日はたらき帰りくるトワイライトの東京の空

赤々と日の沈みゆき残照に雪山あらはビル群のはて

光芒のなき球形の赤き日を街より送る三月なかば

ビル群のはてに彼岸の日の沈み濁りなき黄の空のひろがる

日ののびし夕《ゆふ》かがやきにビル群の窓々くらし
昼と夜《よ》の間《かん》

光源の太陽しづみ近くより街の灯《ひ》ビルの灯《ひ》
力《ちから》づきくる

街の底《そこ》泡だつごとく点《とも》り来てつづまりに人は
夜《よ》の灯《ひ》に憩ふ

エッセー　「初」のつく言葉

人に「笑い」を提供する芸のあるわが国に「初笑い」という季語が生まれ、俳句の方では結構作品化しているのは自然なことである。しかし短歌では俗臭があってこの言葉は使えない。俳句でも、

泪少したためたる父の笑初め　石原八束

などと「初笑い」でも決まりそうなところを「笑初め」としている例を見ると余計そう思う。もともと「初」のつく、初孫、初雪、初荷、初生り、初氷、初霜などは、私の言語感覚では安易で却って手垢がついていて、使えば一首を平凡にしてしまうように思える。

万葉集の五句索引などの例の範囲でもごく少ない。近代の万葉調の歌人にも少なく、茂吉、佐太郎の場合、はつ夏、はつ春などの例はあ

るが極めて少ない。しかし『国歌大観』で見ると膨大な数だから、和歌（短歌）が儀式に使われたり、四季により分類される場合に「新年・春」の主要なテーマになったのであろうか。

上山往反

連峰につづく低山山肌の雪抜き出でて冬木々乾く

福島を過ぎしころより横ざまに降る雪つのり
峠近づく

幹々《みきみき》に雪はりつきて杉山は午後三時過ぎ宵の
しづけさ

杉の木々おのおの雪に覆はれて一山《いちざん》眩し山々
まぶし

山肌の残雪さへやかく汚れ冬過ぎて行く上山《かみのやま》のべ

杉山の木々に雪害《せつがい》あらはにて過ぎたる冬を今年も悼む

あたたかく晴れたる夕べ力づき残雪より霧たちのぼり居り

家まへのビル

家まへのビルの解体二《ふた》月《つき》余《よ》直接のおと地をつたふ音

撤去

六階の古き建物撤去されわが家の東方空《そら》ひろくなる

道へだて空地となれば三十年耐へ来し車の騒音遠し

ビル壁の反響まじる喧騒に曝《さら》されゐしか撤去後気づけば

桜咲く目黒川沿ひ人出でて人ことごとく花にまぎるる

さわがしく一《ひと》しきり降る春の雪庭木々濡れて
積るともなし　四月八日

どうだんの白《しろ》花《はな》あかき花《はな》蘇《す》芳《はう》淡雪すぎて庭に
つやあり

四月八日前後の寒に長く咲く桜当然散りぎは
悪し

戦後七十年

東京裁判傍聴したる茂吉翁その反骨と沈黙思ふ

先んずれば人を制すか制さるる存在もまた愉快ならずや

くやしさか虚しさかうちに澱《おり》となり消え難く
して朝を迎ふる

留念に心身ひしがれゐたること若くありしか
老いて今あり

謡曲の「翁《おきな》」を修めむさぼらず且つ放縦に
余生たもたん

わがうちに沁み徹りくるナイーヴと重厚とあり「翁」謡へば

人々に護られ生きて護りゆく立場ぞ純よ今日より汝《なれ》は　四月一日

岩国より千尋寛太の手紙来る八年後ともに酒を飲むといふ

魂柱

バイオリンのいはば魂《こん》柱《ちゆう》のごときもの人にもあるかたとへば茂吉

独語してものを考へてゐたりけりかかる客観みづからあはれ

ただ広き砂漠に独り立つわれに金色の女神《ミューズ》近づきてくる　暁床夢

高校生に短歌を語り高校生少なき会に半日過ごす

雪の降る上山《かみのやま》にて月おぼろ妻の打ちゐる砧《きぬた》のきこゆ　世阿弥「砧」に和す

西都原古墳群

あかつきの古墳の丘に残月とわれと声なく出
づる日を待つ

遠き世の人の実存大小の塚《つか》としなりて泰《やす》けく
つづく

いにしへの祈り偲べば西都原《さいとばる》古墳それぞれ朝
の影ひく

霜ひかる古墳の芝に朝日負ふわが影とどく影
うれひなし

ひとところ桜の冬木昇る日にむらさきだちて
枝々勁《つよ》し

日の高くなれば小鳥ら多くなり今聞く声は古き世のこゑ

武装して女性のいかに生きたるか副葬品に刀剣ならぶ　西都原博物館にて

日照雨

朝よりの日《ひ》照《でり》雨《あめ》晴れ雪凍る富士山まぶし視野
にあふれて　富士吉田にて

日の入りし後ひとしきり雪厚き富士山赤し青
天の下

雪山の富士まぢかくに夕づけば紺の裾野を雄
大にひく

万葉の里にて

人麿の息吹語ればいにしへも今も切なし人の嘆きよ　益田市にて講演「茂吉と人麿論」

二千年ひと瞬《まばた》きとぞデイオニユソス的にし人麿讃へき茂吉は

家々に黄の柚子みのり人を見ず親しきごとく
寂しきごとく　益田市荒磯

河口の砂洲の草みなもみぢして鋭き朱《あけ》はかつ
ても見しか　高津川

引潮の広き河口の洲には鵜ら浅き水には鴨ら
の憩ふ

婦《をみな》らのおほく巧みに鱚《きす》を釣る導潮堤のうち
の砂浜

砂に終り波音のなき日本海眼《め》に満ち居りて今
日もさすらふ

HANAE MORI展

万葉の里に生《あ》れしも奇縁にて世界のＨＡＮＡ
ＥＭＯＲＩ展を見つ　島根グラントワにて

古里の山野に育ちたることがその創作の原点
といふ　島根県六日市町出身

制服も舞台衣装も実用か機能美かがやくこの
デザインは

わが国の美の伝統を汲み入れて世界のモード
に挑み続くる

日本製の生地にこだはりみづからの手にて成
すといふ信念として

数百のデザインより顕つバイタリティー万葉
人を思はせやまず

創りたき欲求と見せたき欲求と相せめぎやがて美を産むといふ

十分に走り仕事も残ししと回顧して言ふ羨《とも》しきろかも

友おほき益田は歌の神の里歌を語れば一《いち》日《にち》はやし　万葉短歌大会

玉のごとき花をみなつけ浜《はま》防《ばう》風《ふう》三里が浜の一帯を占む

昨日着き今日は発ちゆく萩《はぎ》・石《いは》見《み》空港に去《こ》年《ぞ》の如く酒飲む

空港の密室感をいとふとき保護洗浄の水の音する

別子銅山など

銅山にある悲劇性糸瓜《へちま》とぞいふ掘削機器のたぐひにもあり　別子銅山記念館にて

蜜蜂の巣箱崖たかく仕掛けあり山深ければ山の営み

谷ちかき秋草に憩ひ香の高き珈琲を飲むかたじけなけれ　同行諸友に酬ゆ

茂吉門住友吉左衛門の歌を読む業余支ふる抒情なりしか

最上川に合流ちかき寒河江川《さがえがは》清き流れの速くなりたり　山形県猪瀬

合流のあたりは広き三角洲林を成して木草の
ふかし

川ふたつまじはる一帯覆ふまで雑木々古りて
空に水音

生日前後

夕べより雲きれ斜陽が解体の進む競技場あら
はに照らす

五月六日母の忌日は立夏にて神宮の森晴れて
香のあり　明治神宮総合短歌大会

銀木犀の若葉に混じる返《かへり》花《ばな》みとめ立ちをり
少年の恋

文学の徒にて謡曲の伝統に身を置きかれこれ
十八年か

小《こ》賢《ざか》しきことと思へど夢幻能世阿弥にこだは
り謡《うたひ》を学ぶ

極致なき芸の世阿弥をあふぐとき日々に張《はり》あり老齢われは

神《かみ》歌《うた》の「翁」を舞台に披露してこれよりみづから晩年とする　五月十日　真也会

恩愛をうけ五十年神の手の歯科医師夫妻前後して亡し　福田富彌・静枝先生

久々に治療を受けに来《きた》るわれ頭《かうべ》を垂れて遺影に対ふ

火口湖が濁る噴火の予兆にてわが記念館さへや客減る

蔵王噴火の風評被害につひにつひに老舗《しにせ》の旅館廃業となる

見るかぎり雪解け水を田に張りて茂吉墓前に吹く風寒し　斎藤茂吉墓前祭

今年また茂吉親族に相まじり追善供養をねんごろになす　宝泉寺斎藤茂吉墓前祭

中尊寺にて

中尊寺にて西行を語るとき千年の日々遠く思へず　西行祭短歌大会

若草にまじる苧環《をだまき》とりかぶと今吹く風は中世の風

金堂のうちの世界とうつし身と老いてやうやく隔たりのなし

西行祭茂吉墓前祭遠く行きこころつつしみ焼香をしき

「歩道」創刊七十年

空爆下の五月に一号が出でより「歩道」七十年坦々と来る　昭和二十年「歩道」創刊

貧と苦の戦後の日々を結社誌に倚りて力得し
人幾十万か　短歌の力

貫きて来《きた》るものつらぬき行くのみぞとにかく
「歩道」を支へて生くる

先賢の生年《しやうねん》を越えつくづくと無法無師たる
順境とほし　生日偶成

東京往反

とにかくに東京往反苦《く》にならず五十年小詩に
かかはるわれは

なりゆきとして横丁にわがこころ通ふ路地あ
り居酒屋のあり

ITOYAのビル十一階はFARMにてフリルレタスの青々しげる　銀座にて

梅雨晴れの歩行者天国の路上にて連れられてゆく着飾る犬ら

犬と犬寄れば人らも交流し街路の処《しょ》々《しょ》に人だかりする

佐太郎の酒店「加六」となかくわが通ふ「酒の穴」近接と知る

新人賞の祝賀会にて失望し銀座に逃《のが》る梅雨の浅宵

要するに師のなく若く彷徨《さまよ》ふか愛恋さめしごとく酒飲む

おのづから明治は遠く浅草の三筋二丁目こころなつかし　三筋町界隈

公園に保育園建ち茂吉歌碑置き去りにされかへりみられず

浅草の三筋町《みすぢまち》なるおもひでもうたかたの如《ごと》や過ぎゆく光《かげ》の如《ごと》や
茂吉『つゆじも』

歌人茂吉許可せしは蔵王歌碑のみぞ怒りさへわき見守るわれは

保育園の庭にて歌碑を誰《たれ》か見る文化行政粗末ならずや

浅草の義父母の墓を死に近き茂吉詣できしのばれやまず

祝婚

よろこびの老涙ぬぐひ杯をあぐ聖なるふたりの祝婚のため　青山

青山のわが懐かしき三丁目佐太郎旧居のあたりを歩む

変らざる路地を下れど五十年過去をしのばすよすがさへなし

心の奥に舞曲ボレロを意識して蛇《じや》崩《くづれ》坂《さか》を下りてのぼる

庭につづく遊歩道ゆゑ佐太郎の詠ふ木草も空もかがやく

一キロほどの散歩も叶はずなりしこと此の道歩めば痛切に顕つ

新しき竹ぬき出でて古き竹梅雨にし沈む遊歩道のべ

五反田駅前

七時過ぎの街空の雲夕映えて南に移る梅雨上がらんか

五反田の駅前に立ち過ぎ行きし九年早くも感
傷となる

日本《にっぽん》のいづこにも短歌作者ゐき過去の歌人の
足跡ありき　回想

繁華街のうちに早くも灯の消えし二階の事務
所しばし見上ぐる　日本歌人クラブ

小園の木に塒する椋鳥ら梅雨《つゆ》の降るなかこゑ
しづまらず

伊勢源に友を誘ひて佐太郎と茂吉の絆よみが
へりくる

酒徒われのかへりみるとき鮟鱇《あんかう》の恩河豚《ふぐ》の縁
身に沁みわたる

みづからの古書の値段に得心のありとしもなし八木書店出づ

スカイツリーの街に布《し》く影見下ろせばあらはに伸びて時は流るる

空の街といふ高所にて人多しまつはり生くる雀らおほし

茂吉の蛍

山の間《ま》のくらき沼より低く湧き蛍らせまき宵空を飛ぶ　七月四日

上山《かみのやま》の茂吉の蛍とぶ道を恋しき光身に沁みあゆむ

抒情詩の恩恵を継ぐ孫弟子とかつて思ひき今また思ふ

いよいよと言はば言ふべくFOR茂吉BY茂吉にて残生のあり

講演の茂吉批判に佐太郎が歯ぎしりをしきわれのかたはら

七十年の茂吉の生涯かなしめば被災のみにて
三たびありにき

茂吉翁のみたまは蔵王連峰にしづまり居らん
か今日も真向ふ

枯れかかる墓のあららぎ夏くれば一《ひと》枝《えだ》のみの
葉に力あり

人の転機いかなるものか十四歳二十三歳の茂吉を語る　東海大学山形高校にて

『赤光』の茂吉伝へて邪念なき高校生らの反応を待つ

仲介をして後進に尽したることさへも誤解されき茂吉は

館長三年

評議員七年館長三年かすぎゆきはやし蔵王夏山

紅色の靄も冬虹も今に顕ち最上の流れ変ることなし

肖像を見つつしみじみ思ふなりわが胸中の茂吉は老いず　茂吉肖像画展

随聞に書き残されてゐる茂吉わが茂吉にてつね精気あり

熱きひと生《よ》しのばす歌人論と思ふ白《はく》帆《はん》敬写の肖像「茂吉」は

良き容貌逃さず画家の淘綾《たうりよう》は大石田の茂吉
描き残しつ

晩年の茂吉の肖像たふとけれ中村研一鈴木信
太郎

疎開中の茂吉苦しめし金瓶の蚤絶え戦後は七
十年か

おもひいづることあり夏のみじか夜に金瓶の蚤大石田の蚤　茂吉『つきかげ』

身のめぐり切に寂しく子規茂吉佐太郎直系わ
れも老いたり

上山の西山開発進みつつ松山に茂吉の狼石《おほかみいし》
あり

狼の棲みつき村の人々が餌《ゑさ》供へしかこの石の
かげ

幼年の茂吉が病《や》む目《め》洗ひたる泉《いづみ》音するいにしへの音　やんめ不動尊

大型の量販店が先づ竣《な》りて宅地がつづき学校の建つ

夢の中に必死に謡曲創り居きその断片を醒めてさびしむ　つひにむなしくなりにけり
つひにむなしくなりにけり

世界杯女子サッカー

勝つときの勝ついさぎよさ世界杯女子サッカーを見つつたのもし

選手らの濃き午《ひる》の影交錯ししばしば芝の緑きはだつ

女子サッカーの哲学性を講演の枕とぞする気
取るに非ず

オウンゴールといふサッカーの決着は何か恐
ろしただ見守れど

力ある者の宿命と言ふべきか敵失のサッカー
見てしまひけり

秋田森吉山

ゴンドラに鳴る風の音つよくなり森吉山の中腹となる

ロープウエイの駅を離れて高山の花の群落わけつつ登る

夏花は過ぎがたにしてまのあたり森吉山頂おだやかに見ゆ

晴れわたる山の稜線恋しけれモロビの樹々の暗緑のうへ

身のめぐり急に雲出で雲に立つ壮者をしのぐ老人われは

雑草《あらくさ》を抜き出で青柳草《あをやぎさう》の咲く盛り過ぎたるものはやすけく

眺望のひらけて遠き山麓に棚田のひかるはや稔るらし

橅《ぶな》の林わたりてとどく風の吹く金光花咲く山の平《たひら》は

みづからの歌碑と写真に収まれどこののちのことあへて思はず

人のなさけとこしへにして歌碑にあり松橋久太郎高嶋昭二

十八年風土になじみ何がなし存在感さへまして歌碑たつ

峠よりかへりみるとき山々を従へて立つ森吉山は　歌集『遠遊アンデス』

水流の少なきゆゑに甌《おう》穴《けつ》のつぎつぎ見ゆる峡に沿ひゆく　小又峡

ところどころ低き瀧にて泡だてば淀みに流紋のおごそかにたつ

瀧の音激しき上にて鳴く蟬ら張りあふらんかその声つよし

二百メートルつづく化《ばけ》の堰《せき》音を吸ひめぐり殊
更しづまりかへる

三段の瀧の個々よりたつ風と峡わたりふく風
と浴び立つ　三階の瀧

甌穴のそれぞれに水ほとばしり瀧ありおのお
のとどろきながら

道々の反魂草の黄の花や八月八日人をしのばす　黄月忌

没後すでに二十八年門人のわれ老ゆ湖畔の榛《はん》の木の影　太平湖

みづうみの藍のきはまるあたりまで風波さわぐ暑き日の下

杣温泉にて

混浴の露天風呂にてわが友ら虻に襲はれ逃げ帰りたり

混浴場の裸の男ら待ち構へ虻ら襲ふとぞ南無阿弥陀仏

熊一頭仕留むればくまなく金《かね》になる爪ひとつさへ三千円といふ

熊の肉肴に酒を飲みて居り友の熊さんわれより酔ひて

朝早き宿のめぐりは露深し音なく諸草の葉の撓むまで

取り囲む山の頂に日の当たり底の谷は空気の
重し
朝の日はおひおひ低く前山にとどきたるとき
蟬啼き出づる

あららぎ菩薩

八月の熱暑につひに宝泉寺茂吉の墓のあららぎ枯るる

墓苑樹のあららぎ枯れて茂吉亡く六十二年かなべては遠し

西行の柳観音しのぶときあららぎ菩薩茂吉の場合は　謡曲「遊行柳」に和す二首

あららぎの朽木《くちき》が金にかがやくはわれの幻視か文殊菩薩か

泥の香

天変の身に迫り来てわが街の竜巻《たつまき》鬼怒川の決潰あはれ

家々の沈みゐるまま洪水の広き町々夕映えてゆく

水害の町にとどろきヘリコプター薄暮の空に
人救助する

舟による救助となりて夜《や》半《はん》にも泥の香のする
人のこゑする

水難の常総市にて縁あれば節《たかし》生家のあたり
見めぐる

こがらし

このところ上山《かみのやま》にてさびしみし木枯らし一号
家に居て聞く

畑土にたつ紺の影あら草の引く青き影斜陽は
てなし

柿の実のびつしりとつく木の下に落葉みづみづし厚く積もりて

みちのくの秋山更《ふ》けてむらさきの陰影深し木々に草生《くさふ》に

紅葉の残る雑木々午《ひる》ながら寂しき山の光をいだく

いたるところ秋深くなる上山《かみのやま》一年老いて酒徒
にて歩む

蔵王より紅葉おひおひ下がり来て色ある光寒
天を占む

硬質のひかりを反し刈り草のロール田に見ゆ
冬の近づく

記念館をめぐる遠山ちかき原冬木々となる冬草となる

奥羽本線

乗客は主に高校生一群が降りあたらしき一群が乗る

大き楽器それぞれ抱へ一団は公演あとかみな
おし黙る

駅ごとにわく連想はほしいままやがて
「及位《のぞき》」といふ駅を過ぐ

独りとぼとぼ

新聞にその死を知りて朝《あした》より宝井馬琴を悼みて過ごす

何年か会はずに過ぎてテレビにも出演せざりき御霊やすかれ

柴田百合とその生徒らの書の授業茂吉の歌をのびのびのびと書く　十一月五日　山形県立谷地高校生

最上川のうたの雄大を享け止めて高校生ら書
にし表す

いはば文殊菩薩となりて上山《かみのやま》の中学生に茂
吉を語る　十一月十一日南中・十二日北中・二十日宮川中

創作の根源となる孤《こ》のこころ中学生に伝へん
とする

行く車多きにクラクションの音のなし一例に
て成熟社会と謂はめ

弟子運のわるき及辰園先生の孤高のひびき老
いて身に沁む

佐太郎の生年《しやうねん》越えていよいよに独りとぼと
ぼと遠き道行く

炎暑下

家の前に大型店舗建ちすすみ暑き朝より人らはたらく

炎暑下にためらひのなき音すれど建設の音ゆゑにいとはず

建築の持場《もちば》持場に高齢者てきぱき動く暑き日の下

ヘルメット脱ぎて昼食に行く見れば外国人が多くかかはる

宵空にひらく花火は山々に谺《こだま》しこだまを呼びてとどろく　上山にて

上山《かみのやま》の街を照らして単発の花火が消えてしば
らくのどか

親と子の絆は相克をともなふか斎藤茂吉次男
宗吉　茂吉親子昆虫展

限りなき昆虫界の実相を高校生宗吉書き残し
あり

時の世《よ》と格闘をしてジャーナリスト陸《くが》羯《かつ》南《なん》あり作家子規あり

羯南が居て子規がゐて源流となりたる短歌貴ぶわれは

ありさまはまさしく原野休耕田放棄田などとかつて言ひしが

田の跡の原野は夏の繁りにて鳥鳴き蟬の諸声
ひびく

老いの苦を救ふユーモアあり得べし純粋短歌
の究極として

富士新雪

いただきにまつはり残る雲《くも》光り早くも富士の
新雪深し

御《お》師《し》の町の御師の旧居のしづけさや明治以前
の空気にひたる

立《たつ》道《みち》を入れば間《ヤーナ》の川《がは》この滾ち富士のゆたかさ
代々の知恵

高島がはればれと見え海村のいたるところに
石蕗が咲く

極相林すぎて花の香ゆくりなくつよく水仙公
園となる

海光が水仙個々を照らしつつ黄の花白き花あ
ふれ咲く　唐音《からおと》水仙公園

夕霧の湧きゐる別子銅山を遠く仰ぎて今や帰り路

平成二十八年（街樹洞歌稿附載）

百年の生

抒情詩を友としひと日は二日《ふつか》分《ぶん》ゆたかにてはや百年の生

勤務者として詩の必要を感じたる日々の懐かし五十年まへ

うつしみの詩の開眼は歌集『形影』ゆゑよしもなく思ひ出でをり

ただひとり畏《おそ》れ作歌をつづけつついよいよ畏れ老いんとぞする

生物はかならず役《えき》ありといふ言葉こころ孤《こ》となりおもふことあり

師の若く瞳たたへし原節子九十五歳つひに世になし

うつくしきひとみを持てる原節子《はらせつこ》映画にてわれ幾たび見けん　佐太郎『帰潮』

演技者の姿と実存とたふとけれ亡き原節子今岸恵子

四階のマンションとなり亡き人をしのぶよすがに石垣残る　須藤増雄先生居宅跡二首

松ばやしありて黄柑のひかる庭いまやまぼろし遠きあくがれ

樹氷

さんさんと午《ひる》の日の照り樹《じゅ》氷《ひょう》林《りん》それぞれ青を帯び見えわたる　二月八日　青天下樹氷

風の痕《あと》とどむる樹氷個々まぶし無数につづく一《いち》山《ざん》まぶし

おのづから雪像となり樹氷立つ午後の影みな
短くひきて

太陽をかたはらにして地蔵岳塵《ちり》無く音なし樹
氷のなだり

まのあたり白《しろ》ナイーヴに立つ樹氷幾万本か青
天の下

地蔵岳占むる樹氷のあるものは飛翔のかたち
黙考のさま

雪質の良さを感じて踏む雪の一歩一歩は音こ
ころよし

限り無くつづく樹氷のひく影のいくばく伸び
て昼ふけにけり

晴れとほる下月《した》山も連峰もしろたへの雪ふかぶかと積む

レンズ状巻《けん》積《せき》雲《うん》が赤やける雪山蔵王のいただきのうへ

連峰の雪《ゆき》山《やま》山《やま》があかあかとゆふやけわたりけふの日終る

昨日今日上山《かみのやま》にて謡曲をうたひ短歌を語りてすごす

わが半生

かみのやまに「翁」謡へばだうだうと輝く雪山蔵王の浮ぶ

「夕顔の花を画きたる扇哉」子規の句「班女」を聞けば思ほゆ

見たるもの一首となれば「詠《なが》む」とぞ謡曲に言ひ同感せしむ

塩釜を見て一首とぞなしをれば貫之「詠《なが》めけん」とこそなる

君まさで煙たえにししほがまのうらさびしくも見えわたるかな
紀貫之『古今集』八五二 謡曲「融」

するどく見《み》ことばはのろく言ひ得れば「詠《なが》
む」ならんか中世の知恵

アンデスの雷《らい》をしとどめアラスカにオーロラ
詠《なが》めきわれの半生

詠《なが》めたる氷塊の海《うみ》被災地の死者のまぼろし今
にあはれむ

北極の白《はく》夜《や》極《きょく》夜《や》に限りある人の生《せい》無限の乾《けん》坤《こん》思ひき

人の棲む宇宙の摂理に「詩」を見んか過ぎたる日々も迎ふる日々も

鴨山行

遠き世を支へてゐたる銀の道美郷《みさと》をあゆむ晩春の雨　四月二十八日　島根県美郷町鴨山短歌会

江《がう》川《がは》の彼《ひ》岸《がん》のたぎちこの岸のゆるき流れに雨ふりしぶく

さながらに若葉泡だち津《つの》目《め》山《やま》迫り壮年茂吉しのばす

枝々の若葉をつたひ降る雨がしたたりゐたりしだれ桜は　桜街道

行政の積極に応へ鴨山の茂吉ゆかりの歌会にすごす

二十五年つづく歌会か紅《くれなゐ》の牡丹かがやく庁舎にぞ入る

江川の風の消長に思ひ居り茂吉を支へし町の祖先ら

湯《ゆ》抱《がかひ》に近づく峡はむらさきの藤《ふぢ》年々にふえて花垂る

音のなき峡のふかきに朝めざめ狭き空よりと
どく陽をまつ　潮温泉大和荘

青天の四月さんさんまのあたり若葉あふれて
鴨山が見ゆ

鴨山に向ひ茂吉の人麿考ひとときき語る友どち
のまへ

ありありと人麿浮び女良谷《めらだに》のこの水音を聴きし茂吉か

匹見峡にて

橅《ぶな》若葉おほふ林に淡黄のふさ花見えよわが恋ふる花

おのづから在るごとくにて匹見歌碑峡《かひ》になじみておごそかにたつ

紅葉の山のしづくに潤ひて岩はゆくてにしばしば光る　佐太郎『開冬』

この歌碑の除幕に先生餅撒《ま》ききそれより三十八年か嗚呼

一帯が勢力圏の雄の鷹《たか》朝の日をあび峡の空とぶ

雪解けの水の香放《はな》ち岩ごとに音をあげつつ谷
ほとばしる

溪谷の淵《ふち》もたぎちも反しくる光やはらかし峡
を歩めば

岩々の苔の新緑木漏れ日にまぶしきところ黄
のたつところ

藍あはき花の立浪草が咲く谷の洲をなすとこ
ろを占めて

若葉より空にあふれて白き花ななかまど咲く
遠きわが愛

音あらき谷のべに群れ岩つつじむらさき薄き
花のしたしさ

匹見川に沿ひ下りつつ身にしむる短歌に生きてはや半世紀

川ふたつ落ち合ふところひろくなり支流はあらく本流しづか　大津

縄文の世の太き杉掘り出され根を張りて立つ埋没林は　往路、三瓶小豆原埋没林

三たび見て三たび事実に瞑目す四千余年前の
杉むら

ともにかがやく

連れあひのあるよろこびは人の世にまた山《さん》川《せん》
に沁みとほるべし　沙羅さん祝婚

母なればおのづからにてウエディングドレスの娘とともにかがやく　花嫁の母に贈る

野球にいふ直球勝負のごとき歌めざして来たり目指しゆくべし　わが生

池にたつ波は広がり過ぎて無しあわただしけれわれれの残生

あとがき

歌集『樹氷まで』は、『みな陸を向く』につづく、私の第十二歌集で、平成二十六年・二十七年の作品及び二十八年の作品の一部を含めて一巻としている。私の、

　佐太郎の生年《しやうねん》越えていよいよに独りとぼとぼと遠き道行く

という、七十歳代後半の作となる。日本歌人クラブの役員、九年にわたる仕事が終わり、山形県上山市の公益財団法人斎藤茂吉記念館の館長に迎えられ、この間私は、その光栄に甘んじて浴し、気力の充実を自ら実感しつつ、グランドフィナーレにふさわしい舞台に立っている心境で作歌をつづけた。

　斎藤茂吉の生地に、私は遠いとも大変とも一度たりとも思うこと無く、せっせと通い、人々の人情にもどっぷりとつかって過ごしている。蔵王連山にしてもさまざまに変化して、孫弟子の歌人私を歓迎してくれているようにさえ思えている。ある時は虹が連山をしのいでた

ったり、樹氷林が晴天下に青々と見えわたったりした。清流寒河江川が最上川に合流する雄渾なども高校生の短歌指導に出向いたついでに出会ったのであった。

折しも雑誌「短歌研究」の作品連載の一人に加えていただき、実質二年作品発表の機会を得たのはありがたいことであった。「街樹洞歌稿」として応じ、本集はその作品が主で、前後の期間の作品を添えて一本にまとめたものである。

短歌研究社の堀山和子さん、歌集担当の菊池洋美さん、その他作品連載中から編集の皆さんに温かい御配慮を頂いた。改めて深くふかく感謝する次第である。

平成二十九年六月一日

秋葉四郎

検印
省略

平成二十九年十月五日　印刷発行

歌集　樹氷《じゅひょう》まで

定価　本体三〇〇〇円
（税別）

著　者　秋葉四郎《あきばしろう》

発行者　國兼秀二

発行所　短歌研究社

郵便番号一一二―〇〇一三
東京都文京区音羽一―一七―一四　音羽YKビル
電話〇三（三九四四）四八二二・四八三三
振替〇〇一九〇―九―二四三七五番

印刷者　豊国印刷
製本者　牧製本

ISBN 978-4-86272-540-0　C0092　¥3000E